L'INIVSTICE PVNIE.

TRAGEDIE

DE M^r DV TEIL.

A PARIS,

Chez ANTOINE DE SOMMAVILLE,
au Palais, en la gallerie des Merciers,
à l'Escu de France.

M. DC. XLI.

AVEC PRIVILEGE DV ROY.

A
MONSEIGNEVR
LE DVC
DE St SIMON,
PAIR DE FRANCE, &c.

ONSEIGNEVR,

Apres auoir aſſez long-temps cherché vn iuſte
Protecteur à cette piece, qui porte ſur ſon front
le Chaſtiment de l'Injuſtice; enfin ma veuë s'eſt

arreſtée, non pas ſur vos grandeurs, mais ſur voſtre Perſonne. Pour me la rendre plus acceſſible, ie l'ay innocemment deſpoüillée de ſon eſclat exterieur, & ne luy ay laiſſé que celuy des vertus & des graces, qui luy ſont ſi naturelles, que la penſée meſme n'a pas droit de les luy rauir, & de faire vne abſtra-ction de choſes ſi contraires. Vous les poſſedez toutes dans leur plus haut point, & dans leur plus grande eſtenduë. La Nature & la Fortune ont eſté d'intelligence à vous enrichir : c'eſt en vous qu'el-les ont monſtré que l'Idée de l'Honneſte-Hommè n'eſtoit pas vne choſe impoſſible, & que leurs forces eſtoient plus grandes que nos conceptions. Ie ne pretens pas icy, MONSEIGNEVR, vous ennuyer par où l'on chatoüille les autres, ny me ſeruir à vous faſcher des loüanges qui ne ſont deſtinées qu'à plaire. Comme vos perfections ſont generalement aduoüées, auſſi ſont-elles dans l'eſti-me vniuerſelle des hommes. En vn mot, tout le monde ne ſçait-il pas que vous auez merité les plus tendres affectiõs du plus grand & du plus iudicieux Monarque de l'Vniuers? Mais bien que les vertus ne ſoient iamais ſuperfluës, & qu'elles contribuẽt toutes à voſtre ornement, neantmoins elles ne me ſont pas aujourd'huy toutes neceſſaires : ie n'ay beſoin que de voſtre bonté, que vous ne ſçauriez cacher ſi vous laiſſez voir voſtre viſage. Cette douceur qui paroît en toutes vos actions, & qu'on peut appeller vne Magie innocente, asseure ma crainte, & me persuade que vous daignerez ietter les yeux sur cette chetiue offrande, & sur celuy qui vous la presente, auec sa tres-humble & tres-parfaite seruitude. Ie ne vous demande point, MONSEIGNEVR, vn azile contre les Enuieux: ie me sens trop defectueux pour en auoir; ie me veux seulement mettre à couuert de ces impitoyables Censeurs, qui loin de supporter les difformitez, ont mesme du degoust pour les belles choses. I'ay crû que vostre Nom consacreroit mon ouurage, & qu'apres l'auoir mis en vostre sauuegarde, les fautes mesmes en seroient reuerées. Ie ne doute point qu'il n'y en ait beaucoup, & que sans vostre protection, ie ne fournisse plutôst matiere à la médisance qu'aux panegyriques. Mais, MONSEIGNEVR, i'ay mieux aymé hazarder ma reputation, que de ne vous tesmoigner iamais, que si ie suis mauuais Poëte, ie sçay faire quelque chose mieux que des vers, puisque ie sçay tres-parfaitement adorer les personnes comme vous, dont la condition, quelque eminente qu'elle puisse estre, est tousiours au dessous du merite. Si l'encens des autres iette des vapeurs plus agreables, au moins ne sçauroit-il estre allumé par des mains plus pures & plus desinteressées que les

miennes; & si les Dieux mesurent nos Sacrifices
à la ferueur de nos Deuotions, l'excez de la mienne me flatte de cette douce esperance, que vous
daignerez me permettre le glorieux titre;

MONSEIGNEVR, de.

Vostre très-humble & très obeïssant
seruiteur,

DV TEIL.

Extraict du Priuilege du Roy.

PAR grace & priuilege du Roy, en datte du 3. iour de May 1641. Signé, Par le Roy en son Conseil, Le Brvn, Il est permis à Antoine de Sommaville, Marchand Libraire à Paris, d'imprimer ou faire imprimer vne piece de Theatre intitulée *l'Iniustice Punie*, & ce durant le temps de cinq ans; Et defenses sont faites à tous autres d'en vendre d'autres que de celles qu'aura fait faire ledit de Sommaville, sur les peines portées par lesdites lettres de priuilege.

PERSONNAGES.

APPIE.

CLAVDE.

VIRGIN.

ICILE, Amant de Virginie.

NVMITOR.

Le Fils de Numitor.

Deux faux Tefmoins.

Troupe de Romains.

Deux Collegues d'Appie.

Sergens d'Appie.

SOFRONISSE, mere de Virginie.

VIRGINIE.

NERICE, Gouuernante de Virginie.

La Scene eſt à Rome.

L'INIVSTICE PVNIE.

ACTE I.

SCENE PREMIERE.

APPIE. seul.

VY ie le veux Amour, & n'escoute
    que toy.
Raison, conseil, prudence, esloignez
    vous de moy,
Hors de ma passion, vous m'estes necessaires,
Pour traiter sainement les plus hautes affaires;
Mais ne trauersez pas mes desseins amoureux,
Ie veux viure insensé plutost que malheureux;

A

2 Le mal que ie ressens est vn mal volontaire,
Et ie sçay mon deuoir que ie ne veux pas faire.
Rome cognoist assez mon pouuoir absolu,
Personne n'y veut viure apres m'auoir desplû.
Tout fleschit à ma voix; la seule Virginie
Y rend par ses desdains ma puissance finie.
Tout le monde m'honore, & si i'estois hay,
Au moins serois-je craint, & tousiours obey:
Mais elle me mesprise, & me hait tout ensemble:
On tremble deuant moy, deuant elle ie tremble:
On n'oseroit parler que lors que ie le veux,
Et moy ie n'oserois luy parler de mes feux.
La fille d'vn bourgeois rebute ma noblesse
Iusques à s'offenser d'vn titre de maistresse:
Imprudente qu'elle est, contraire à son bon-heur,
A des biens asseurez prefere vn faux honneur,
Qui ne sçauroit auoir qu'vn estre imaginaire
Dãs l'esprit d'vn fantasque, ou d'vn Censeur seuere.
Amour ne sçaurois-tu blesser vne Beauté,
Qui paye mes soûpirs de tant de cruauté,
Qui dédaigne mes vœux, blâme mes Sacrifices,
Et que ie desoblige à force de seruices?
Mais helas! ses beaux yeux sont partout souuerains;
Amour, confesse, Amour, que toy-mesme les crains,
Que loin de l'eschauffer, c'est elle qui t'enflame
De ces viues ardeurs qui consument mon ame.
I'ay dans ma passion vn malheur sans égal.
Que doit-on esperer où l'Amour est riual?

SCENE II.

APPIE. CLAVDE son confident.

APPIE.

ET bien cher confident, doïs-je perir encore?
N'est-il point de remede au feu qui me deuore?
Claude, ay-je fait naufrage, ou suis-je sur le port?
C'est de toy que i'attens, ou la vie, ou la mort.
Despesche promptement.

CLAVDE.

En pareille occurrence
Vn homme tel que vous vit bien sans esperance.

APPIE.

Claude que me dis-tu? n'en dois-je point auoir?

CLAVDE.

Monsieur ie ne fais rien, en faisant mon deuoir.
Vne femme esclairant iusques a ses peines,
A long-temps par ses soins mes pensées trauersées,
Et ie viens de luy dire assez mal-aisément,
Que les Cieux la traittoient si fauorablement,
Que vous ne soûpiriez que pour ses bonnes graces,

I'ay meſlé les douceurs auecque les menaces,
Et taſché vainement d'attirer ſes beaux yeux
A l'éclat qui ſortoit de vos dons precieux :
Bref tout ce que peut faire vn ſeruiteur fidelle,
Ie l'ay fait pour toucher le cœur de cette Belle.
I'auois bien preparé quelques plus longs diſcours,
Pour luy faire gouſter le prix de vos amours,
Luy dire qu'vne fleur de ſi peu de durée
Pouuoit rendre à iamais ſa richeſſe aſſeurée,
Et que vous poſſeder la mettroit au deſſus
Des bõheurs les plus hauts qu'elle eut meſme cõceus.
Mais ſa ruſticité deſdaigneuſe & ſauuage,
Fait rougir à l'inſtant les lis de ſon viſage,
Et ne me reſpondant que d'vn regard changé,
Tel que iette vn eſprit qui ſe veut voir vangé,
Elle s'eſt retirée auprès de cette femme,
Qui ſeule doit ſçauoir les ſecrets de ſon ame.

APPIE.

Que l'inegalité de nos conditions
Empeſche le ſuccez de mes affections !
Ie la vois à la ruë, ou bien au Sacrifice,
Là des hommes communs font offre de ſeruice,
Ma qualité me nuit, & contraint de celer
De ſi ſenſibles maux dont ie n'oſe parler.
Claude ſans t'employer ſi ie pouuois moy-meſme
Luy dire ces beaux mots, ie t'adore, ie t'ayme,
Ie flaterois mes ſens de quelque doux eſpoir,

Mais elle est en public, lors que ie la puis voir,
Incommode grandeur, que ton éclat m'est rude!
Que tu tiens mon esprit gesné d'inquietude!
Que ie serois heureux de te pouuoir changer
A la condition du plus simple Berger!

CLAVDE.

Monsieur sa cruauté vient de sa nourriture,
Qui regle ses humeurs, & luy passe en nature,
Et sa mere aujourd'huy tient ce depost si cher,
Que si l'on peut la voir, on ne peut l'approcher.
Pûssiez-vous luy donner & tresors & noblesse,
Vous seriez sans secours dans le mal qui vous blesse:
Cherchons quelque autre objet à vos contentemens.

APPIE.

Ie prens pour trahison les aduertissemens,
En l'humeur où ie suis, Claude, il faut me complaire,
Dire qu'on a tout fait, quand on n'a pû rien faire,
Iurer que Virginie écouta tes discours,
Que loin de la fascher, ils luy sembloient trop cours;
Oüy dis moy qu'elle m'ayme, & par ce doux mésonge
Applique vn faux remede au soucy qui me ronge,
Va sonder derechef, & mieux que l'autre fois
Va luy representer l'estat où tu me vois:
Dy luy que ie n'ay plus que trois momens de vie,
Que sans vn peu d'espoir ie me l'eusse rauie.
Et qu'au moins pour le prix de mon affection

Elle doit relafcher de fon auerfion:
Renforce ton efprit, arme toy d'artifices,
Et te comblé de biens, me comblant de delices,
Si tu peus reuffir;

CLAVDE.

Vous auoir contenté
C'eft tout le plus grand prix que Claude ait fou-
haité.

SCENE III.

ICILE dans le foupçon de la fidelité
de Virginie.

E Scueil de ma douce efperance,
Infame pefte de l'Amour,
Metal qui fais plus dans vn iour
Qu'vne longue perfeuerance,
Elle a doncques rompu de fi facrez liens,
Et foufmis fes charmes aux tiens?

Ma conftance ny mon feruice
Ne touchent plus fa volonté,
Elle n'ajufte fa beauté
Que pour plaire à fon auarice,

Ce Monstre s'est rendu le maistre de son cœur,
Dont ie me croyois le vainqueur.

Ce qui peut captiuer son ame
N'ayme pas reciproquement
Et l'éclat d'vn vil excrement;
Efface celuy de ma flame.
On va cueillir les fruits que meritoit ma foy,
Sans estre aymé non plus que moy.

Mais la voicy venir plus charmante & plus belle
Qu'elle n'estoit auant son humeur infidelle:
Dieux! ne faudroit-il point que de tristes remors
Fissent que le dedans nous parût au dehors,
Et que la trahison qu'vne Ingrate nous trame
Par la noirceur du teint, montrast celle de l'ame?

SCENE IV.

VIRGINIE. ICILE.

VIRGINIE.

ICile tu me fuis, helas! que t'ay-je fait?
Si tu me veux hayr, apprens-m'en le sujet?
Tu ne me respons mot, en quoy suis-je blasmable?

N'es-tu plus amoureux, ne suis-je plus aymable?

ICILE.

Vous ne l'estes que trop, & c'est dont ie me plains.

VIRGINIE.

Tu te railles mon cœur, ie vois bien que tu feins.

ICILE.

Oüy vous estes aymable, & sans estre accomplie
On n'acquiert pas l'honneur de maistresse d'Appie,
De ce grand Gouuerneur de qui le moindre accent
Fait viure le Coupable, & mourir l'Innocent;
De qui les grands tresors pourront bien satisfaire
Les auares desirs d'vn esprit mercenaire.
Oüy vous serez enfin ce que vous meritez,
Et vous aurez vn train digne de vos beautez.
D'vn pauure citoyen trop mal dans la fortune,
La pure affection ne vous est qu'importune.

VIRGINIE.

Crois-tu que ie prefere à tes saintes ardeurs
Celles qui m'ont promis de honteuses grandeurs?
On n'espere qu'en vain par de noires pratiques
Vn succez fauorable à des feux impudiques.
Ie reuere les Dieux, i'honore mes parans,
Mais les effets d'Amour sont encore plus grans.
Si i'ayme la vertu, i'ayme encor bien Icile,

Dont

Dont les riuaux n'auront qu'vne peine inutile.

CILE.

Ouy s'ils me difputoient la qualié d'Amant.

VIRGINIE.

Plus, fi celle d'aimé.

ICILE.

  Parlez plus franchement.
Toute la ville fçait que vous preftez l'oreille
Aux pourfuites d'Appie.

VIRGINIE.

  O feinte fans pareille!
Inuenter vn pretexte à fa legereté,
C'eft feruir lâchement cette rare Beauté,
Dont l'iniufte bon-heur m'éface de voftre ame,
Quand on trouue fon mieux on peut changer fans
 blâme.
Ie figne librement la perte de mon bien,
Si c'eft voftre plaifir, i'en fais auffi le mien.
Ces foupçons preparez font de mauuaife grace,
Et ie lis dans le cœur quelque mine qu'on face.

ICILE.

Peus-tu fans alterer la neige de ton front

Flatter mon defeſpoir d'vn menſonge ſi promt,
Et lauer ton offence auec cét artifice,
De rendre criminel qui demande iuſtice.

VIRGINIE.

Quiconque accuſe à faux, ne la demande point,
Nous ſommes differens ſeulement en ce point,
Voſtre accuſation n'eſt qu'vne ſimple ruſe,
Afin de preuenir ma legitime excuſe.

ICILE.

I'en veux croire au delà de tes propos charmans,
Mais agrée l'humeur des plus parfaits amans.
Souffre que tes beautez me donnent de la crainte,
Que dans la verité ie ſoupçonne la feinte,
Que mon peu de merite, & tes rares appas
Me menacent des maux qui n'arriueront pas.
Iurant à mon eſprit que tu ſeras fidelle,
Ie luy dis, elle eſt chaſte; il reſpond, elle eſt belle.

VIRGINIE.

Cét eſprit me fait tort, puiſque la chaſteté
Se peut bien rencontrer auecque la beauté,
Et que i'eſtime mieux noſtre baſſe naiſſance
Que toute la ſplendeur d'vne vaine puiſſance,
Ou l'on ne peut monter ſinon par des degrez,
Que ie trouue bien noirs, encor qu'ils ſoient dorez.
Fille d'vn Citoyen, ie veux que l'Hymnée

Me ioigne sainctement au sang dont ie suis née.

ICILE.

Tu viens de me chasser la crainte des mortels,
Mais ie la veux porter iusques sur les Autels;
Et quand tu fais des vœux, mes passions extremes
Me disent que les Dieux t'en offriront eux-mesmes.

VIRGINIE.

Vn esprit si jaloux n'ayme pas comme il faut.

ICILE.

L'exceZ de mon amour me cause ce defaut.

VIRGINIE.

Asseure-toy mon cœur, que iamais d'autres flames,
Si tu m'aymes tousiours, ne brusleront nos ames.

ICILE.

Ie ne le sçaurois croire à moins que d'vn baiser.

VIRGINIE.

Mais ce soupçon m'oblige à te le refuser.

ICILE.

Ha! ne me cheris plus, si iamais calomnie
Me peut faire douter du cœur de Virginie,
Il ne reste plus rien que de haster le iour

Où nous deuons cueillir les doux fruits de l'amour.

VIRGINIE.

Ie t'en laisse le soin.

ICILE.

                    Ton pere dans l'armée
Ne songe qu'à garder sa haute renommée,
Et ne se souuient plus de la triste langueur
Des cœurs passionnez, que l'on tient en longueur :
Mais ie pourray bien-tost apprendre à sa memoire
De songer à nos vœux aussi bien qu'à sa gloire :
Crois-tu que luy parler d'Appie & de ses feux,
Des importunitez d'vn homme dangereux,
Des faux bruits que souuent seme la mesdisance,
Sans espargner l'honneur d'vne chaste innocence ;
Crois-tu que ce discours nous le fit auancer,
Et qu'vn Tyran nous fist du bien sans y penser ?
Alors j'approuuerois sa flame extrauagante,

VIRGINIE.

Si cela reüßit i'en seray bien contente ;
Toutesfois, cher Amant, ne precipitons rien,
Il en pourroit sortir plus de mal que de bien.

ICILE.

Et quel mal si ton pere apprenoit ces nouuelles ?

VIRGINIE.

Ie crains auec raison qu'elles luy soient mortelles.
Mon pere chaud & promt, loin de se retenir,
Publiroit le sujet qui l'auroit fait venir,
Il facheroit Appie, imagine le reste,
Dés-là ie n'en preuois qu'vne issuë funeste :
Ainsi n'en disant mot, mes dedains & le temps,
Peuuent guerir Appie, & nous rendre contens.

ICILE.

Ie suiuray ta prudence, & ne veux dans ma lettre
Que demander vn bien qu'il m'a voulu promettre,
Si ie puis exprimer l'excez de mon amour,
Mars mesme ne sçauroit retarder son retour,
Ie le tiens pour venu ; Mais que te veut Nerice ?

SCENE V.

NERICE. VIRGINIE. ICILE.

NERICE.

*M*adame, il faut bien tost aller au Sacrifice.

VIRGINIE.

Adieu donc cher Icile.

ICILE.

Adieu jufqu'à ce foir,
Ie ne fçaurois dormir auant que te reuoir
Premier que le Soleil dans l'Ocean fe plonge,
I'iray prendre chez toy la matiere d'vn fonge.

SCENE VI.

ICILE feul.

O Dieux ! aurieZ-vous bien quelque beauté
　　là haut,
Dont les attraits diuins foient fi loin du deffaut ?
Non, vous n'en auez point, & je croy que ma Belle
Ne paroift à vos yeux Deeffe ny mortelle :
Tant de charmes, Appie, excufent ton erreur,
Ainfi que fa vertu condamne ta fureur.
Ouy tu la dois aimer, on approuue ta flame,
Si tu n'y mefles point quelque defir infame,
Sçache que quãd les Dieux formerent ce beau corps,
Ce fut pour y loger leurs plus rares threfors.
N'a-t'elle pas iuré qu'Icile eftoit l'vnique
Qui la faifoit brûler d'vne flame pudique ?
Mais fimple, tu le crois que la terre & les cieux
Ayent pour vn Citoyen formé de fi beaux yeux.

Que pour toy la Nature ait fait ce grand ouurage,
T'ozes-tu bien promettre vn si haut mariage ?
Douces peurs des Amans où me transportez-vous ?
Quand vous dois-je changer aux plaisirs d'vn es-
    poux ?

Fin du premier Acte.

ACTE II·

SCENE PREMIERE.

SOFRONISSE, Mere de Virginie.

NERICE, sa Gouuernante.

SOFRONISSE.

Nfin quoy que c'en soit, faloit-il me
le taire?
Ce silence est suspect.

NERICE.

Iugez tout au contraire,
Que l'amitié d'Icile, & le soin de l'honneur
Sont deux puissants objets qui tiennêt tout son cœur.

SOFRONISSE.

Ie connois mieux que toy que son esprit docile,

A du

A du respect pour nous, de l'amour pour Icile:
Mais quoy que vertueuse, elle est dans le danger;
Elle n'a pas changé, mais elle peut changer.

NERICE.

Helas que vous seriez à la peur bien sensible,
Si vous craigniez le mal parce qu'il est possible,
Il faut que l'apparance en nos raisonnemens
Nous face discourir sur les euenemens;
Son âge, sa façon, ses mœurs, sa nourriture,
Qui font de vos vertus vne viue peinture,
Tout cela vous deffend de penser seulement
Qu'on porte cette roche à quelque changement.

SOFRONISSE.

Ne souffre toutesfois que personne l'approche,
Que tu ne sois tousiours l'Echo de cette roche.
Nous nous fions à toy.

NERICE.

        Ce sera sans besoin,
Mais pour vous contenter, j'en auray plus de soin.

SOFRONISSE.

Va l'appeller.

BIBLIOTHEQUE ROYALE

                               C

SCENE II.

SOFRONISSE.   seule.

IL faut que ie m'en esclaircisse,
Ie me repose bien sur la foy de Nerice :
Mais ne l'abandonnant, ny de nuict, ny de iour,
Qui peut à son desceu l'entretenir d'amour ?
Et de la part d'Appie ? helas ! ce nom me tuë,
De deux extremitez ie me vois combattuë ;
Le refus & l'accord sont tous deux dangereux,
L'vn nous rend sans honneur, & l'autre malheu-
    reux.
Vueillent pourtant les Dieux que l'honneur se con-
    serue,
Quelques derniers malheurs que le sort nous re-
    serue.

SCENE III.

SOFRONISSE. VIRGINIE. NERICE.

SOFRONISSE.

IE vous fais si souuent cette belle leçon,
Qu'vne fille doit mesme esuiter le soupçon,
Que le discours d'vn homme, encore qu'il vous fâche,
Ne vous laisse iamais l'honneur sans quelque tache.
Vous souffrez, toutesfois l'abord d'vn cajoleur,
Ce visage me plaist qui change de couleur.
Ie ne crains que le bruit, & vous n'estiez pas fine,
De ne m'en aduertir plustost qu'vne voisine.

VIRGINIE.

Ma Mere ie tenois vostre repos si cher,
Que ie n'en disois mot crainte de vous fascher,
Et ie ne pouuois pas en aduertir mon pere
Sans allumer le feu d'vne iuste colere,
Dont ie ne preuoyois qu'vn triste embrasement,
Qui pouuoit consumer ses autheurs seulement.
Mon pere d'vn esprit trop sensible à l'offence,
Eust sans doute cherché sa perte en la vengeance,
Ainsi pour éuiter des malheurs apparens,

Ie n'en auertiſſois aucun de mes parens,
Non pas Icile meſme, à qui la jalouſie
Faiſoit deſia ſentir ſa triſte frenaiſie,
Mais ſon eſprit guery louë mon iugement.

SOFRONISSE.

Ma fille il ſe faut rendre à ton raiſonnement,
Et ie ne craindray plus que l'on puiſſe ſurprendre
La foibleſſe d'vn ſexe, & d'vn aage ſi tendre.

VIRGINIE.

Ie prens de voſtre vie aſſez d'inſtructions,
Pour tenir dans l'honneur mes inclinations.

SOFRONISSE.

Ie ne crains deſormais que le pouuoir d'Appie,
Qui couurira ſon feu d'vne cendre aſſoupie;
Mais de quelques rigueurs qu'il ſe voye traité,
Il taſchera de plaire à ſa brutalité,
Dont ſuiuant le conſeil, il employra la force,
S'il ne treuue pour toy d'aſſez ſubtile amorce,
On craint vn infenſé les armes à la main;
Et qui n'en craindroit pas le pouuoir ſouuerain?

VIRGINIE.

Non, non, ne craignez rien, ſi ſa faueur eſclate,
De quelque authorité que le Tyran ſe flatte;
Ie porte dans ces mains de quoy me ſecourir,

Et c'est pouuoir beaucoup que de pouuoir mourir.
Faites ce iugement de voftre Virginie,
Qu'elle fuira le iour, pour fuir l'ignominie.

SOFRONISSE.

Ce courage me plaift, mais ne vueillent les Dieux
Qu'il t'en faille venir à ce coup glorieux,
Ie crois le deftourner, fi ie mande à ton pere,
Que fa prefence icy nous eft fort neceffaire.
En cela mon deffein c'eft d'auancer le iour
De voftre Hymen remis à fon proche retour,
Afin qu'Appie alors te voyant efpoufée,
Trouue de fon deffein la fin plus malaifée.

SCENE IV.

APPIE, CLAVDE.

APPIE.

N'As-tu fceu rien gaigner fur ce cœur infen-
    fible ?

CLAVDE.

L'efperer, ce feroit efperer l'impoffible,
Sa vertu nous refifte, & fon amour auffi.

APPIE.

Son amour, que dis-tu ?

CLAVDE.

Monſieur il eſt ainſi.

APPIE.

Vn autre eſt donc heureux, & ie ſuis miſerable ?
Vn autre eſt donc aymé d'vn objet adorable ?
Quiconque a le bonheur de plaire à ſes beaux yeux,
Peut donner de l'enuie au plus puiſſant des Dieux.
Sans doute c'eſt quelqu'vn des plus nobles Patrices,
Dont ce cœur orgueilleux agrée les ſeruices,

CLAVDE.

Monſieur, ils ſont tous deux de meſme qualité,
Et leur amour eſt fils de leur eſgalité,
Qui ne tend qu'au lien d'vn chaſte mariage,
Par le conſentement de tout le parentage.

APPIE.

Ne ſçais-tu point le nom de cét heureux Amant,
Qui me rauit l'eſpoir de mon contentement ?

CLAVDE.

C'eſt Icile Monſieur.

APPIE.

Peut-elle aymer Icile ?
Peut-elle mespriser le plus grand de la ville ?
Ha ! si nos dures loix pour croistre mes malheurs,
N'auoient pas separé nos familles dés leurs,
Ie pourrois abbaisser ma grandeur outrageuse,
A la nopce qu'vn Dieu croiroit auantageuse ;
Ainsi ie pers l'espoir d'vn feu voluptueux,
Et de l'amour aussi qu'on nomme vertueux.
Importune vertu, fille de nos caprices,
Qui ranges mon amour dans le nombre des vices,
Vieux fantosme d'honneur, tu n'as point ces appas,
Qui nous en font trouuer mesme dans le trespas ;
Malgré tes sottes loix ie cheris mon enuie,
Et pour la contenter ie veux perdre la vie.
Claude, à qui i'ay fié mon amoureux desir,
Qu'entre mille suiuans seul i'ay voulu choisir,
Pour guerir tant de maux ie ne vois qu'vn re-
    mede,
Mais trefue de conseil, ie ne veux que ton ay-
    de ;
Et sans plus m'enquerir de ton consentement,
Trois mots te l'apprendront ;

CLAVDE.

Commandez seulement.

APPIE.

Rome ne sceut iamais souffrir la violence,
Et tout grand que ie suis ie crains son insolence :
Nous auons à conduire vn peuple libertin,
Qui s'arme au premier bruit d'vn citoyen mutin,
Où tout gouuernement passe pour tyrannique,
Où quiconque a du bien choque la Republique,
Qui loin de supporter vne iniuste action
Se porte sans sujet à la sedition.
Mais seruons-nous des loix à pallier vn crime,
Que celles de l'Amour ont rendu legitime.
Tu sçais que sur les corps priuez de liberté
Le pouuoir se limite à nostre volonté,
Que leur vie & leur mort dépendent du caprice
Du maistre qui les tient dans le fers du seruice ;
Mais ceux que nous voyons iouyr de ce bonheur,
Que nous trouuons si doux, de viure sans Seigneur,
(Grace que les destins ont faite à Virginie,)
Ne sçauroient receuoir vne injure impunie.
Mon amour n'a rien pû sur sa condition,
Que ie luy veux changer par vne inuention,
Et dans Rome on verra Claude ma creature,
Faire plus que l'Amour, & plus que la Nature.

CLAVDE.

Monsieur, vous me donnez vn estrange pouuoir,
Que mon esprit grossier ne sçauroit conceuoir.

A P.

APPIE.

'N'ozerois-tu iurer que l'espouse d'Icile
Nasquit en ta maison d'vne race seruile,
Et par deux Citoyens soustenir que Virgin,
En fit à ton dommage vn precieux larcin;
Mes arrests souuerains dont personne n'appelle,
Te rendront possesseur d'vne Esclaue si belle.

CLAVDE.

'Monsieur ie ne preuois que honte & que malheur
D'vne telle action qui n'a point de couleur,
Tout le monde voyant esleuer cette fille
Dans les soins vertueux d'vne honneste Famille,
Vous cognoissez son pere homme fort genereux,
Aimé des Citoyens.

APPIE.

Est-il si dangereux?
Et me craint-on si peu? tu manques de courage,

CLAVDE.

Monsieur pardonnez moy, ie preuois le naufrage,
Resolu toutes-fois à mon embarquement,

APPIE.

Ie prens tout le danger de cet éuenement,
Cher amy ie ne fais que rendre la pareille,

En taſchant d'aſſeruir cette ieune merueille;
Appie fut Eſclaue auſſitoſt qu'il la vid,
Ma ruſe luy fera ce que l'Amour me fit,
En fin tu n'as beſoin que d'vn peu d'aſſeurance,
Et tu peux ſoulager l'excez de ma ſouffrance.
Virgin meſme eſt abſent, dont tu crains la valeur
Qui n'auroit contre moy qu'vn ſuccez de malheur.
Haſt par ton moyen ſeulement ie la baiſe,
Et qu'en ces doux momens ie ne meure pas d'aiſe,
Eſpere tout de moy, qui ne poſſede rien,
Que Claude deſormais ne puiſſe appeller ſien.

SCENE V,

CLAVDE ſeul.

Qve l'amitié des Grans dõne aux autres de peine
Et qu'elle eſt dãgereuſe auſſi bien que la haine!
Dans l'honneur ſpecieux de leurs commandemens,
Nous n'oſons exprimer que nos conſentemens;
Et ſans examiner le tort ny la iuſtice,
Le deuoir nous fait rendre vn aueugle ſeruice,
Quand la raiſon enſeigne à leur deſobeir
Quand nous ne leur ſçaurions plaire ſans les trahir;
Si la fidelité nous donne l'aſſeurance,
D'vzer ou du refus ou de la remonſtrance;
Nous perdans tout le fruit des ſeruices paſſez;

Ils vous traitent d'ingrats, de lâches, d'insensez,
Ils changent en fureur toute la bien-vueillance,
Qu'autrefois ils donnoient à nostre complaisance.
En quelle extremité me vient-on de jetter,
Qu'il faut que ie me perde, affin de l'éuiter?
Que i'obeïsse ou non, ie cours même fortune,
De deux morts seulement i'en pourray choisir vne.
Toutesfois aux succez qui dependent du Sort,
Tel ne croit rencontrer qu'vne honteuse mort,
Qu'il reçoit de grands prix d'vne heureuse malice,
Et tous les jours on voit triompher l'Iniustice;
Le maistre que ie sers disposé du bon-heur (meur,
Et quãd les Dieux seroient dans leur mauuaises hu-
Ses destins sont si forts qu'en dépit de leur haine
Tout ce qu'il entreprend ill'acheue sans peine;
Si ie puis reüssir en cette faußeté,
Ie m'esloigne à jamais de la neceßité;
Le sort jusques icy ne me fut que contraire,
Et ie veux perdre enfin la vie ou la misere,
L'heure du Sacrifice où ie vis la Beauté,
Qui tient si puissamment son esprit enchanté,
M'oblige à preparer mon esprit d'vne audace,
Qui resiste a l'éclat de sa diuine face :
L'abord majestueux de ce ieune Soleil,
Oste aux plus resolus le cœur & le conseil,
Si faut-il toutesfois qu'vne masle constance
De tous ces faux respects vainque la resistance.

D ij

SCENE VI.

VIRGINIE, NERICE, CLAVDE,

Virginie sort, Claude se retire au coing du Theatre.

VIRGINIE.

Dieux que l'impatience afflige les Amans,
Et qu'ils joüissent tard de leurs contentemãs!
Icile cher objet de mon Idolatrie,
Qu'on deuroit preferer au bien de la patrie,
C'est de toy seulement qu'on se doit souuenir,
Et pour te contenter mon pere doit venir :
Mais Nerice dy moy, croi-tu bien qu'il reuienne,
Qu'il force son humeur pour contenter la mienne ?

NERICE.

Quoy pouuez vous encor douter de son retour ?

VIRGINIE.

Non, puisque pour venir, il ne luy faut qu'vn jour.

Claude s'aproche de Virginie.

Les Dieux vueillent garder la Beauté sans seconde,
Dont l'œil imperieux fait brûler tout le monde.

VIRGINIE.

Les mesmes, impudant, te vueillent chastier,

Si tu n'as pas quitté ton infame meſtier.

CLAVDE.

Cruelle, voudriez vous que la ville de Rome
Sentit par vos rigueurs la perte d'vn tel homme,
Et qu'on vous reprochât que de ſi blanches mains
Euſſent mis au cercueil le plus grand des Romains,
Qui charmé des attraits de voſtre beau viſage,
Ne cherit ſes grandeurs que pour voſtre auantage;
Et plus que ſa nobleſſe eſtimant vos liens
Pour vn peu d'amitié vous offre tous ſes biens.

VIRGINIE.

OZes tu de rechef d'vne impudence extreme
Sonder ſi ma vertu ſera touſiours la meſme?
Infame addreſſe ailleurs ce mauuais entretien,
Et cerche quelque eſprit d'autre humeur que le mien.

NERICE.

Et pour qui la prens tu miniſtre d'vne flame
Qui iamais ne ſçauroit ſaiſir vne belle ame?
Va-t'en, ou bien ie crie.

CLAVDE à Nerice.

           A quoy tant de diſcours,
Si tu veux nous aurons le fruit de leurs amours,
Appie eſt reſolu d'y faire vne deſpenſe,
Qui me rend ſatisfait ſeulement quand j'y penſe.

Nous en aurons le gain, eux le contentement.

NERICE.

Crois-tu que ton humeur me touche également.
Va, pluſtoſt le ſoleil couchera chez l'Aurore.

CLAVDE.

Si tu conſiderois,

NERICE,

Tu perſiſtes encore ?

Claude ſaiſiſſant Virginie.

Fille de mon Eſclaue, & d'vn pere acheté,
Qui ne peus que de moy tenir la liberté,
Reuiens en la maiſon d'où tu me fus rauie.

VIRGINIE,

Ha traiſtre ! cet affront te couſtera la vie,
Ie ſuis libre,

NERICE.

Au ſecours,

CLAVDE.

Vos efforts ſeront vains.

Allons deuant le Iuge,

VIRGINIE.

Hommes & Dieux Romains
Vn Imposteur nous force.

CLAVDE.

O la ruse inutile!
Ie sçauray bien monstrer sa naissance seruile.

NERICE.

Au secours Citoyens.

SCENE VII.

ICILE, VIRGINIE, CLAVDE,

ICILE.

Quel desordre est cecy?
Que veut cét Insolent qui te mal-traite ainsi?

VIRGINIE.

Il veut m'oster le bien que i'ay de la Nature
Et me prend pour Esclaue,

ICILE.

> O l'insigne imposture!

CLAVDE.

I'attefte tous les Dieux qu'elle est de ma maison,
Il est vray.

ICILE.

> Ce pauure homme a perdu la raison,
Va t'en faire purger cette melancholie.

VIRGINIE.

Il y va de malice, & non pas de folie;
Et tu vois maintenant l'infame Suborneur
Qui pour son Maistre Appie attaquoit mon hõneur,
Voicy le dernier coup de tout leur artifice,
Et l'effet des conseils que leur donne le Vice;
Mais les Dieux protecteurs des esprits innocens
Ont pour me garantir les bras assez puissans.

CLAVDE.

Ils veulent iustement que tu me sois renduë,
Ainsi que mon bien propre.

ICILE.

> Et quand l'as-tu perduë?
Fut-elle jamais tienne, impudent effronté,

I'eus

PVNIE.

Peus-tu voir sans trembler sa diuine beauté?

CLAVDE.

Allons en iugement.

ICILE.

Claude ie te coniure
Pense à l'éuenement qui doit suiure vne iniure,
Où tu parois si fourbe & si malicieux
Afin de contenter vn Maistre vicieux?
As-tu bien les Romains en si mauuaise estime,
Que de t'estre promis le succez d'vn tel crime?
Son pere n'est pas mort, & tu me vois parlant.

CLAVDE.

Afin de m'estonner tu fais le violant.
Cette fille chez moy nâquit dans le seruage,
Qu'vn pere supposé retient à mon dommage,
Ie demande mon bien, allons en iugement,
Afin que par iustice on cognoisse qui ment.

ICILE le prenant à la gorge.

Il faut que ie l'égorge, auant que ma Maistresse
S'expose au faux serment d'vne langue traitresse,

CLAVDE.

Tu traites donc ainsi les Citoyens Romains?

E.

VIRGINIE à Icile.

Qu'vn si lâche ennemi ne soüille point tes mains,
Sa fourbe ne sçauroit demeurer impunie.

ICILE.

Bien souuent l'Equité cede à la Calomnie.

VIRGINIE.

Des jugemens les Dieux gouuernent les succez.

ICILE.

Songe que ta partie est iuge en ce procez.

VIRGINIE.

Ie sçay bien les moyens de tromper son attente,
Au choix de mourir libre, ou de viure en seruante,
Bien que cet Imposteur abuse de nos loix,
Ie leur rendray pourtant le respect que ie dois.

ICILE s'adressant à Claude.

Il faut que ie l'estrangle.

VIRGINIE l'empeschant.

Ha! non, ie t'en coniure,
Ton effort nous nuiroit plus que son imposture,
Ce seroit son plaisir que d'auoir mille coups,
Pour en tirer du gain.

ICILE.

Quel naturel si doux
Souffriroit l'action de cet abominable ?

CLAVDE.

Allons doncques sçauoir qui sera condamnable.
Ie veux rauoir monbien, fusses-tu plus mauuais,
Ie ne m'estonne pas pour le bruit que tu fais.

VIRGINIE à Icile.

Hé ! retiens-toy, mon cœur.

ICILE.

Dieux, que les Republiques
Tiennent les Citoyens sous des loix tyranniques !

Fin du second Acte.

ACTE III.

SCENE PREMIERE.

APPIE dans son tribunal auec ses Sergens. CLAVDE.
Deux faux tesmoins. L'Auocat de Virginie. SOFRO-
NISSE. VIRGINIE. ICILE. MVNITOR,

APPIE.

T bien quel different vous a conduits
icy ?

CLAVDE.

Ie demande, Monsieur, l'Esclaue
que voicy.
Que Virgin esleuoit comme vne Citoyenne.

APPIE à Claude.

'Pouuez vous bien mõstrer qu'elle vous appartiéne?

Auez-vous des tesmoins, qui d'vn commun accord
Asseurent qu'elle est vostre, & que Virgin à tort?

CLAVDE, *monstrant les deux faux tesmoins.*

Ces deux hommes de bien, si dignes de creance,
Qu'il ne faut que les voir pour y prendre asseurance.

APPIE *aux faux tesmoins.*

Auant que de parler, sçachez qu'aux faux sermens
Nous trahissons les Dieux auec nos sentimens,
Ils lisent dans nos cœurs, qui pour eux sans nuages,
N'ont rien de different aux traits de nos visages.
Vous pouuez bien tromper vn mortel comme vous,
Mais non pas éuiter le celeste courrous.

Vn faux tesmoin.

Ie iure par les Dieux, dont ie crains la puissance,
Que la fille n'est pas d'vne libre naissance,
Elle appartient à Claude, elle est de sa maison,
Et qui la luy retient, fait contre la raison.

APPIE *à l'autre.*

Est-ce la verité?

Deux faux tesmoins.

Que le Ciel me punisse,
S'il n'a pas destiné cette fille au seruice,
Elle appartient à Claude, & ie ne sçay comment

On l'oʒe diſputer.

A P P I E.

   Qui parle maintenant !

  L'Aduocat de Virginie.

Icy la fauſſeté paroit bien aſſez claire
Sans que noſtre deffence y ſemble neceſſaire;
Quel de nos Citoyens viuroit en ſeureté,
Si le faux teſmoignage oſtoit la liberté ?
De pareils Impoſteurs nous raxiroient nos filles,
Et mettroient dans les fers les plus nobles familles:
Vn ſi viſible abus ne ſe peut ſuporter,
Et ce n'eſt pas ſurquoy ie me veux arreſter;
I'offenſerois ſans doute vn juge ſi capable,
Et Claude à mon eſgal ne ſeroit pas coupable;
Ie ne veux qu'obtenir de voſtre integrité
Que la fille demeure en pleine liberté,
Iuſqu'à ce que Virgin ait monſtré ſa naiſſance,
Virgin dont le public recommande l'abſance,
Virgin qui dans les ſoins d'vn valeureux ſoldat,
Pendant que nous parlons, agit dans le combat,
Ne demande pourtant qu'vn commun auantage,
Que toujours la franchiſe eut deſſus le ſeruage,
Sans luy, qui dans la cauſe a le plus d'intereſt,
On ne peut prononcer de legitime arreſt,
Sinon que le deſir de nous rendre iuſtice,
Vous face condamner l'euidente malice.

APPIE.

Auant que prononcer mon dernier iugemeut,
I'attendray son retour quelques iours seulement,
Mais afin qu'vn delay, que ma grace vous donne,
Soit fauorable aux vns, & ne nuise à personne,
Afin de conseruer au demandeur son droit,
Puisque c'est son Esclaue, où qu'au moins il le croit,
Iusqu'à-ce qu'on ait vû sa naissance certaine,
En donnant caution, j'ordonne qu'il l'emmaine.

L'ADVOCAT.

Auez-vous donc perdu le souuenir des Loix,
Que pour mesme sujet vous sistes autresfois ?
Estes-vous en auis à vous mesme contraire,
Et pour nous faire tort, vous en voulez vous faire ?
Pouuez-vous à ce point hayr la Verité,
Qu'elle souffre au despens de vostre authorité ?
La fille est ingenüe, & la cause indecise,
Elle doit cependant joüyr de la franchise.
Escoutez vostre Loy, voicy les propres mots.

APPIE.

Il m'en souuient assez, ce n'est pas à propos,
Ie ne rends pas raison des arrests que ie donne,
Et pour vous contenter suffit que ie l'ordonne.

SOFRONISSE.

Iufqu'icy la douleur m'a retenu la voix,
Que la mefme douleur m'arrache à cette fois,
Si vous pouuez douter d'vne fraude vifible,
Faut-il que le bon droit foit tellement nuifible,
Qu'on me rauiffe mefme auant le iugement
Ce que l'on ne fçauroit m'ofter qu'iniuftement?
C'eft fans doute ma fille, & iamais impofture
Ne treuua tant de foy fous moins de couuerture:
Vn crime fert à l'autre, & ce peu de beauté,
Qui mefme fans parler deffend fa liberté,
C'eft cela maintenant qui la rend difputable,
Et nous ofte l'efpoir d'vn arreft equitable.

APPIE.

Vous difcourez en vain.

ICILE.

   Nous mourrons mille fois,
Premier que nous foufmettre à vos iniuftes loix.
Bien qu'on nous ait priué de nos Dieux tutelaires,
Nous oftant des Tribuns les forces populaires,
Toutesfois il nous refte affez de liberté
Pour fecoüer le joug de voftre cruauté.
Tout le monde cognoit cette brutale enuie
Qui s'eftend au de là des biens & de la vie,
Vous la deuiez borner de ces extremitez,

       Et nous

Et nous laisser l'honneur que vous persecutez :
Exposer vne fille en la fleur de son aage,
Aux affrons impunis qu'endure le seruage !
Non, elle m'est promise, & sa rare beauté,
Me donne moins d'amour que sa pudicité :
Enfin Rome n'a point de filles ny de femmes
Afin de contenter vos appetits infames.

APPIE.

Vous faites l'entendu, si vous parlez si haut
On vous rangera bien.

NVMITOR.

Il parle comme il faut,
Et nous ne verrons point la chaste Virginie,
Sous l'indigne pouuoir de vostre tyrannie,
Resolus de luy faire vn Bouclier de nos corps,
Pour garantir le sien de vos sales efforts.

VIRGINIE.

Par les Dieux immortels, Appie, & par vous mé-
me
Exercez sur mes iours vostre fureur extreme,
Si le Ciel m'a donné de malheureux appas,
Vostre amour doit cercher sa fin dans mon trespas ;
Et les honteux desseins qu'il vous force de suiure,
Mourront incontinent, si ie cesse de viure.

APPIE.

Ie ne condamne point l'Innocence à la mort.

VIRGINIE.

Vos defirs infenfez me font bien plus de tort.

APPIE.

I'excufe en ce difcours voftre fexe, & voftre aage,

CLAVDE prenant Virginie.

Allons, il ne faut pas difcourir d'auantage.

APPIE craignant la fedition.

Non, arrefte vn peu, Claude, & pour l'amour de
     moy
Relâche du pouuoir que te donnoit ma loy :
Car ce iour efcoulé, fi Virgin ta partie,
Ne nous vient pas monftrer d'où la fille eft fortie,
Tu feras de ton bien poffeffeur abfolu;
Comme tu le ferois fi ie l'euffe voulu,
C'eft ma feule bonté qui m'oblige à leur plaire.

CLAVDE.

Puifque vous l'ordonneZ, nous remettrons l'affaire.

SCENE II.

ICILE. NVMITOR. Son fils. VIRGINIE.
SOFRONISSE. NERICE, &c.

ICILE.

Estes-vous gens de bien?

NVMITOR.

Nous voicy resolus
A te le tesmoigner ; mais ne discourons plus,
Mon fils monte à cheual, & cours à toute bride,
Pique tant que ce iour t'esclaire dans l'Algide,
Où Virgin en deux mots apprenne que demain
Vn Tyran veut forcer la fille d'vn Romain.

Le fils de Numitor.

Ie m'en vay de ce pas.

F ij

SCENE III.

I. C I L E. NVMITOR, &c.

I C I L E.

EN cette vrgente affaire.
Aduertir nos amis, c'est le plus necessaire;
Puis esmouuoir le peuple au dessein glorieux,
De reprendre le train de nos braues Ayeux,
D'opposer des Tribuns à l'iniuste puissance,
De ces dix Rois nonueaux.

NVMITOR.

Tu dis ce que i'en pense,
Et que le peuple veut:

ICILE à Virginie.

Mon ame ne crains rien;
Rome void son honneur joint auecque le tien,
Et le peuple touché d'vne ardeur ancienne,
Dedans ta seruitude y remarque la sienne.

VIRGINIE.

(mains
Vueillent les iustes Dieux qu'auiourd'huy les Ro-

Tiennent auecque moy leur honneur de vos mains;
Mais helas!

ICILE.

Hé pourquoy baigner ce beau visage!
Penses-tu par ces eaux enflammer mon courage!

VIRGINIE.

Ainsi que ton amour il va jusqu'à l'excez,
Et seulement icy ie doute du succez

SOFRONISSE.

Le Ciel seroit iniuste, & Rome abastardie,
S'ils ne fauorisoient cette action hardie.

NVMITOR.

Au moins trouuerons-nous vn honneste trespas.

ICILE à Virginie.

Ie me priue de toy pour ne m'en priuer pas.

VIRGINIE.

Adieu donc, cher Icile.

ICILE.

Adieu chere Maistresse.

Madame, ayez le soin de calmer sa tristesse.

SCENE IV.

APPIE. Deux de ses Collegues.

J'Ay vû mille beautez d'vn œil indifferent,
Mais à de tels apas ma constance se rend:
Il faut perdre auiourd'huy le soin de m'en distraire,
Mon esprit amoureux se roidit au contraire;
Vne lâche frayeur pousse vos sentimens,
Et les fait opposer à mes contentemens,
Vous craignez la fureur d'vne ville mutine, (stine.
Mais plus vous m'en parlez, plus mon amour s'ob-

I. COLLEGVE.

Et bien, passé ce coup, nous ne t'en parlons plus.

APPIE.

Vos conseils iusqu'icy m'ont semblé superflus.

II. COLLEGVE.

Souffre donc maintenant que loin de complaisance,
Ce qu'on peut dire ailleurs, se dise en ta presence,
Pour vn sale plaisir, dont le mesme moment

Fait touſiours voir la fin dans le commencement,
Pour ſuiure l'appetit d'vne flame inſenſée,
Veus-tu fleſtrir l'eſclat de ta gloire paſſée ?
Enfin te veux-tu perdre auecque tes amis,
Au lieu de tenir ferme où le ſort nous a mis?

I. COLLEGVE.

Ny ta condition, ny le poil blanc, dont l'aage
Commence d'honorer ta teſte & ton viſage,
Ny la crainte des Loix, ny le reſpect des Dieux,
Ne te ſçauroient oſter vn deſſein furieux:
Ha! rappelle pluſtoſt ta raiſon desbauchée.

APPIE.

Comment, ſi ma vertu s'eſt vn peu relaſchée,
Si ie pers l'humeur graue, & ſi le Dieu d'Amour
A voulu dans mon ame eſtre maiſtre à ſon tour,
Dois-ie perdre le rang qu'on donne aux hõmes ſages,
Et craindre follement vos funeſtes preſages?
Reſiſter à l'Amour, helas! qui le pourroit,
Des aſſauts qu'il me liure vn plus foible en mourroit.

II. COLLEGVE.

L'Amour eſt vn eſcueil celebre de naufrages.

APPIE.

Mais ç'eſt où vont heurter les plus grãds perſonages.
Si c'eſt crime d'aimer ce qui charme les Dieux,

C'est crime que d'auoir l'vsage de nos yeux?

I. COLLEGVE.

De quelques doux attraits dõt le Ciel l'ait pouruedë
Nous y deuons porter vne innocente veuë;
On reserue à l'Hymen cette premiere fleur,
Pour qui ta passion cerche nostre malheur.
Vn peuple qui souuent s'est armé par caprice,
Pourroit-il bien souffrir vne telle iniustice?
Elle est entre tes bras, son Pere, & son Amant
T'assisteront tous deux a son violement,
Ces foibles Citoyens ont faute de courage,
Et ne se piquent pas d'vn si leger outrage.

APPIE.

O Dieux, l'estrange effect de la timidité!

II. COLLEGVE

Ton courage en cecy naist d'vne lascheté:
Qu'vn peuple furieux te semble peu de chose,
Pour si iuste sujet les grands prendront sa cause,
Les hommes & les Dieux s'armeront contre toy,
Tu sentiras le mal, si tu ne sens l'effroy.

APPIE.

Serois-je malheureux pour estre raisonnable?
Non, ce crime d'amour me sera pardonnable:
Mais ne seroit-ce point quelque desir pareil,

Qui vous rend enuers moy prodigues de conseils,
Vous en tenez tous deux, & me voudriez distraire
D'vn aimable peché que vous voudriez bien faire,
Virginie est charmante, & vous estes de chair.

I. COLLEGVE.

Ha que plutost mon corps soit mis dans le bucher!

II. COLLEGVE

Et plutost qu'vn tel feu la foudre me consume.

APPIE.

Plus on le veut estaindre, en moy plus il s'allume.

I. COLLEGVE.

Et bien, persiste Appie en ton aueuglement,
Mais nous en preuoyons vn triste euenement.

APPIE.

Que ces esprits sont mols, & qu'vne sotte crainte
Engage leurs desirs aux fers de la contrainte !
Quoy, ranger mon humeur sous l'Empire des loix,
Et viure tout ainsi que le moindre Bourgeois ?
Vne basse beauté me tient dans le martyre,
Et ie le dois souffrir sans mesme l'ozer dire?
C'est tout ce qu'il faudroit, si l'inclination:
Esleuoit mon espoir sur ma condition,
Le conseil en est pris, s'il faut que ie perisse,

Ie beniray ma perte apres tant de delice.
Mais bien que le retour d'vn Citoyen mutin,
Soit vn leger obstacle à mon noble destin,
Et que les plus mauuais cessent de le paraistre
Alors que seulement ie les regarde en maistre :
Toutesfois la prudence esclaire mon esprit,
D'enuoyer en Algide, où par vn mot d'escrit
Mes Collegues priez de retenir le pere,
Pourront faciliter mon amoureuse affaire.

SCENE V.

VIRGINIE seule.

Fragile don de la Nature,
Agreable butin des ans,
Qui fais voir aux mesmes momans
Ta naissance & ta sepulture,
Iuste proportion qu'on appelle beauté,
Si tu parois sur mon visage,
Que ce ne soit pour autre vsage,
Que pour tenir l'auteur de ma captiuité
Dans les fers d'vn mesme seruage.

Cette prise borne mes vœux,
Qu'elle borne aussi ton Empire,
Si pour moy quelque autre soupire,
Qu'il blasme son sort rigoureux :
Car loin de contenter vne brutale enuie,
Pour moy des esprits innocens
En vain brûleroyent de l'encens,
Puisque l'aimable objet dont mon ame est rauie,
Porte la clef de tous mes sens.

Quelque grandeur qu'on me promette,
Dans les soins d'esbranler ma foy,
Icile mon amour pour toy
Garde vne flame viue & nette :
Elle offusque l'esclat que jettent les thresors ;
Ny l'appas ny la violence
Ne mettent point dans la balance
Vn esprit resolu de porter chez les morts
L'extremité de sa constance.

Icile sort.

✿✿✿✿✿✿✿✿✿✿✿✿✿✿✿✿✿✿✿✿✿✿

SCENE VI.

ICILE. VIRGINIE.

ICILE.

ET la mienne, mon cœur, ne luy cedera pas.
Ouy, nos feux dureront au delà du trépas,
Malgré l'empeschement qu'Appie leur prepare.

VIRGINIE.

Helas! ie tremble toute au nom de ce Barbare,
Dont nous deuons subir l'iniuste iugement,
Mais au moins mon espoir est dans le monument.

ICILE.

Peut-estre le remors d'vne telle iniustice
Touchera son esprit.

VIRGINIE.

Il aime trop le vice.

ICILE.

La crainte peut forcer son inclination

Puis qu'il cognoît l'humeur de nostre nation,
Nous auons des amis, & tout le peuple iure,
Que la mort du Tyran preuiendra cette iniure :
Mais quand vn lasche effroy saisiroit des Romains,
Pour te sauuer l'honneur, c'est assez de mes mains :
Ie l'attaqueray seul, & d'vne honneste rage
Au trauers de ses gens ie me feray passage,
La voulant receuoir, & donner le trespas,
L'Amour dedans son sein me conduira le bras.

VIRGINIE.

Mais plutost dans le mien : pour nous sortir de peine
Ma mort est vne voye & facile & certaine.

ICILE.

Ha, ne me tiens jamais des discours si mortels !
Commande-moy plutost de brusler nos Autels,
De trahir la patrie, & de tuer mon Pere.

VIRGINIE

Le remede est extreme à l'extreme misere.

ICILE

Remets à t'affliger iusqu'à l'euenement,
Et ne fais point des Dieux ce mauuais iugement.
Inuisibles Seigneurs du Ciel & de la terre,
Par qui les Elemens s'accordent dans la guerre,
Dieux, pour vous bien nommer, si quelquefois l'en-
cens

Lors qu'il est allumé des mains des Innocens,
T'ousse iusques à vous des vapeurs agreables;
Et rend à nos désirs vos bontez secourables,
Ne souffrez pas, grãds Dieux, que ce Temple sacré,
Que de tant d'ornemens vous mesme auez paré,
Soit l'indigne butin d'vne main si profane,
Et qu'vn sale Acteon viole ma Diane.
Mon cœur r'asseure-toy, cesse de t'affliger,
Et contrains ta douleur, au moins pour m'obliger,
Ie m'en vay disposer les volontez Romaines,
Au glorieux dessein de sortir de nos chaines.

Fin du troisiesme Acte.

ACTE IV.
SCENE PREMIERE.

VIRGIN. reuenant de l'armée.

Ome doncques n'est plus la Rome de
    jadis,
Elle n'eut qu'vn Tarquin, & nous
    en auons dix,
Elle chassa le sien, nous supportons les
    nostres,
Elle fit des Tribuns, nous n'en faisons point d'autres,
Elle perd aujourd'huy dans sa submission
Tout ce qu'elle s'acquit de reputation.
Enfin Rome fut libre, auiourd'huy sans courage,
Elle à mesme perdu la honte du seruage.
Ouy, Tyrans, seruez-vous de nostre lascheté,
Prenez femmes, enfans, biens, honneurs, liberté,
Despouillez-nous de tout, & nous laissez la vie,
Afin de la tenir rudement asseruie,

C'eſt elle ſeulement que nous aymons le mieux,
Eſloignez du chemin que tindrent nos ayeux.
Donques ce beau deſir qui reſueilla nos peres,
Alors qu'ils ſoupiroient ſous de moindres miſeres,
N'a-t'il ſçeu paruenir juſques à leurs Neueux,
Imprimé dans le ſang que nous receumes d'eux ?
On verra pour le moins que Virgin le conſerue,
Et qu'il ſçait empeſcher que ſa fille ne ſerue,
Encore verra-l'on dans le pays Latin,
Reuiure les deſſeins du braue Collatin..
Nous pourrons bien auoir vne gloire commune,
Mais, glorieux Romain, ie te paſſe en fortune,
Tu vengeas vn affront que ie veux preuenir,
Ie crois que l'empeſcher, c'eſt plus que le punir,
Ma fille ſur Lucrece aura cét auantage,
De ſouffrir ſeulement le deſſein de l'outrage.
Appie a mal choiſy l'objet de ſes amours,
Puis'que i'ay dans ce bras ſa mort & ſon ſecours.

SCENE

SCENE II.

VIRGINIE, SOFRONISSE, VIRGIN.

VIRGINIE.

IE crois que le voicy, quelque Dieu secourable,
Nous l'amene à propos.

VIRGIN.

Quel sort si deplorable,
Merite tant de pleurs ! pourquoy ce triste accueil ?

SOFRONISSE,

Ha Virgin ! plût aux Dieux fußiõs nous au cercueil.

VIRGIN.

C'est vn lasche souhait, & rien que l'Infamie
Ne doit rendre aux mortels la lumiere ennemie,
Differons ce remede à nos malheurs honteux,
Lors que l'euenement n'en sera plus douteux.
Mais la terre & le Ciel partagent nostre offence,
Et Rome en nous aidant, trauaille à sa deffence.
Les Dieux auecque nous perdroiët tous leurs Autels,
Et garderoyent à peine vn titre d'Immortels.
Mais dans l'extremité ma vertu secourable

H

Te promet le bon-heur d'vne mort honorable.

VIRGINIE.

Plongez , plongez , mon Pere, vn poignard dans
    mon sein,
Premier que le Tyran acheue son dessein ;
Ainsi perdant l'espoir où le porte le Vice ,
Appie en mon trespas treuuera son supplice :
Mes yeux sont criminels d'auoir charmé les siens,
Et vous le facherez, en rompant ses liens :
Puis qu'il hait sa franchise, & que i'aime la mienne,
Gardez-la moy mon Pere ; & rendez luy la sienne ,
Ainsi vous le pouuez punir , & me sauuer,
En luy donnant vn bien , dont il me veut priuer.

SOFRONISSE.

Qui parmi les malheurs où le Destin nous range,
Doit viure sans honneurs, meurt digne de loüange.

VIRGINIE.

Si mon sexe & mes ans , vous disent que i'ay peur,
Mon Pere ouurez mon sein, afin de voir mon cœur.

VIRGIN.

Ha! ie le vois assez, il faut que ie t'embrasse ,
Virgin à ce discours recognoit bien sa race :
Pourroit-on disputer la liberté du sang,
Où l'on a vû paroistre vn courage si franc ?

Mais dans tous ces propos ie demeure inutile,
Que disent nos parens, & que fait nostre Icile ?
Le voicy qui s'auance auecque nos amis,
Dont ie sens le secours que ie m'estois promis.

SCENE III.

NVMITOR, VIRGIN, ICILE, SOFRO-
NISSE, VIRGINIE, & quelques Romains.

NVMITOR.

TOut le peuple aujourd'huy dans vos maux
    s'interesse,
Et ne veut plus gemir sous le joug qui l'oppresse,
On n'en parle plus bas, & les bruits sont communs
De chasser les Tyrans pour faire des Tribuns.

VIRGIN.

Doncques nos Citoyés se souuiennent d'estre hômes,
Et rougissent enfin de l'estat où nous sommes.
Courage Numitor, Icile qu'en dis-tu ?

ICILE.

I'ay tous les sentimens d'amour & de vertu,
Dans le noble desir dont mòn ame se pique,
De seruir ma Maistresse, & nostre Republique,

Quelque chose qu'Appie ordonne à cette fois,
Ie me tesmoigneray digne de voftre choix.

VIRGIN.

Ie l'eftime fort iufte, & ma fille honorée.

ICILE.

Au moins ne pouuoit-elle eftre mieux adorée.
Ie veux par mon trépas meriter cét honneur,
Qu'encore n'ay-je dû feulement qu'au bon-heur,
Que ie mourrois bien-toft, fi ie m'ofois promettre
Qu'on verroit de ma mort la liberté renaiftre!

Vn Romain.

Tous les hommes de bien font ainfi refolus,
De viure librement, où de ne viure plus.

VIRGIN.

Allons, braues Romains, allons, & ie vous iure
Que fi iufqu'à ce foir ce courage vous dure,
Ce Iuge montera, pour tomber de plus haut,
Et de fon Tribunal fe faire vn Efchafaut.

SCENE IV.

CLAVDE, APPIE.

CLAVDE.

ICile & Numitor côuroient dans la grand' place,
Animant contre vous toute la populace;
Luy parloient de Tribuns, preschoient la liberté,
Accusoient vos amours, & vostre cruauté,
Toute la ville gronde, & le bruit dans les ruës
Marque le mauuais temps, comme celuy des nuës;
Tout tend à la reuolte, & Virgin arriuant,
Peut faire vn incendie, auec vn peu de vent.

APPIE.

Que de sang & de feu Rome soit menacée,
Rien que ce bel objet n'occupe ma pensée,
Que le peuple s'esmeuue, & qu'on change l'Estat,
Qu'on me face Bourgeois de puissant Magistrat;
Tout m'est indifferent excepté Virginie,
Et sa possession rend ma joye infinie.
Virginie est mon bien, ma vie & mon honneur,
Bref ie suis amoureux & non pas Gouuerneur:
Son Pere arriuera, qu'importe; ma puissance

Mesprise son retour ainsi que son absence.
Va Claude derechef, & soustiens hardiment
Son pretendu seruage, & son enleuement,
R'asseure nos tesmoins, & pour leur recompense,
Promets leur marichesse auec ma bien-veillance.

CLAVDE.

Ie n'y manqueray pas.

SCENE V.

APPIE seul.

Themis pardonne-moy,
Vne Diuinité plus puissante que toy,
Renuerse tes Autels, & fait ceder au Vice
Les inclinations que i'ay pour la Iustice :
Tu sçais que ie l'obserue aux autres iugemens,
Excuse en celuy-cy la fureur des Amans.
Si ie condamne à tort vne fille au seruage,
C'est pour la trop aimer que ie luy fais outrage,
Loin de luy commander ie luy veux obeyr :
Tu me parles, Vertu, ie ne te puis ouyr.
Ton maintien serieux, & ta face ridée,
Viennent à tous momens s'offrir à mon idée.

Mais l'Amour en riant diſſipe ce reſpect,
Et bannit de mon cœur cét ennemi ſuſpect.
Que me vient dire encor vn importun Collegue?
Quelque forte raiſon qu'vn Dieu meſme m'allegue,
Ie ne l'eſcoute pas.

Son Collegue ſort.

SCENE VI.

APPIE, ❧ Son Collegue.

APPIE.

D'Où viens-tu?

COLLEGVE.

Du Palais,
Où le peuple aujourd'huy nous traite de valets:
Ton amour eſt cogneu, la fourbe eſt decouuerte,
Et l'on vient de ſigner noſtre commune perte:
Virgin, accompagné des plus ſeditieux,
Appelle à ſon ſecours les hommes & les Dieux:
Reproche aux Citoyens leur lâche ſeruitude,
Qui ſupporte le ioug d'vn Empire ſi rude,
Leur parle de ſa fille, & de ton iugement,
Et les menace tous d'vn pareil traittement.

Icile d'vne voix tristement eslancée,
Recommande à leurs soins sa chere fiancée.
Les cheueux de la mere affreusement espars,
Les larmes de la fille, & ses piteux regards,
Les cris de leurs parens, vestus de robes noires,
Nous menacent des maux que content nos Histoires.
Il semble à mon esprit de voir sans se tromper,
Le peuple derechef sur vn mont se camper,
Refaire des Tribuns, estaindre nostre Empire:
Bref ie crains mesme encor quelque chose de pire:
Tout le monde s'emporte, & pour les secourir,
Iusqu'aux petits enfans on parle de mourir.

APPIE.

Ayde moy si tu veux, ou si ie t'importune,
Separe tes destins d'auecque ma fortune,
Embrasse le party d'vn peuple mutiné,
Et renonce au pouuoir qu'il nous auoit donné:
Despouïlle toy d'honneur, & d'vne lasche enuie,
Tesmoigne luy ta crainte en asseurant ta vie;
Mais s'il te reste encore vn peu de cœur Romain,
Les exemples passez ne t'estonnent qu'en vain:
Nos peres ont gasté d'vn excez de mollesse,
Vn peuple obeïssant à la main qui le presse.
Traitons plus rudement vn estrange animal,
Qui iamais ne sert bien que lors qu'on luy fait mal.
Que voyant ses destins attachez à nos marques,
Il craigne nos sergens tout ainsi que des Parques.

Que nul

Que nul des Factieux n'eschape à nos tourments
Et ne cause iamais d'autres souleuements.
Ie porte la terreur peinte sur mon visage,
Et partout où ie vay ie des-arme la rage.
Si tu veux tesmoigner vne pareille ardeur,
Tu peus en m'obligeant asseurer ta grandeur,
Et gouster les plaisirs que le pouuoir nous donne,
De commander à tous, & ne craindre personne.

SON COLLEGVE.

C'est lors qu'il faut dompter nos folles passions,
Quand personne ne voit dessus nos actions.

APPIE.

La Vertu n'est qu'vn bien des personnes priuées.

COLLEGVE.

C'est plutost l'ornement des charges releuées.

APPIE.

Et que sert vne charge à qui ne s'en preuaut?

SON COLLEGVE.

On y gagne beaucoup l'exerçant comme il faut.

APPIE.

Qui mesprise le peuple, il craint peu son estime,
Et n'y mesure pas la Vertu ny le Crime,

Bref ie suis Amoureux, & pour me faire aider,
Ta seule affection te peut persuader.

COLLEGVE.

Si tu ne m'employois qu'en des choses honnestes,
Afin de t'obliger, ie perdrois mille testes.
Mais quand il faut choquer la Majesté du droit,
Ie ne suis plus ami.

APPIE.

                Faisant ce que l'on doit
On n'oblige personne, & c'est dans l'Iniustice
Qu'on rend à ses amis vn fidelle seruice.
Le pouuoir absolu nous dispense des loix,
Et comme Souuerains nous deuons viure en Rois.

COLLEGVE.

Que ton opinion choque l'experience!

APPIE.

Cependant qu'au Palais ie tiendray l'audiance,
Suiuy de tes amis, sois prest à mon secours.

COLLEGVE.

Enfin nous nous perdrons pour de folles amours,
Tu le verras bien-tost, & l'amitié me porte,
A trahir ma raison, qui deust estre plus forte.

Fin du quatriesme Acte.

ACTE V.

SCENE PREMIERE.

APPIE dans son Tribunal auec ses Sergens, CLAVDE,
VIRGIN; Les deux faux tesmoins, VIRGINIE,
ICILE, NVMITOR, SOFRONISSE.

CLAVDE.

Rand Iuge derechef ie vous viens de-
    mander
Par vn dernier arrest qu'on ne peut re-
    tarder,   *(mille,*
L'Esclaue que Virgin rauit de ma fa-
Et tenoit dans la sienne en qualité de fille.

APPIE.

Que luy respondez-vous ?

VIRGIN.

       Les Dieux parlent pour moy,
La Verité, l'Honneur, la Pieté, la Foy,
Et tous les Citoyens de cette Republique,
Contre cét Imposteur, formeront ma Replique.
Helas ! qui vit iamais en autre fausseté
Auec moins de couleur plus de meschanceté ?
Ie ne veux qu'opposer à ce faux tesmoignage
Tant de bons habitans de nostre voysinage
Qui cognoissent ma fille, & dés ses ieunes ans
La voyent esleuer auecque leurs enfans.
Il la vient demander en la fleur de son âge,
Comment n'attendoit-il ou moins, ou dauantage ?
Sa fourbe est trop grossiere, & l'on void clairement
Que pour vn lucre infame, il fait vn faux serment.
Mais vous que l'équité nous rend si venerable,
Que tousiours l'Innocence a trouué secourable,
Et qui par mille arrests sagement prononcez
Auez terni l'eclat des gens les mieux sensez,
Souffrez-vous que l'espoir d'vne ordonnance iniuste
Profane impunement ce Tribunal Auguste ?

APPIE.

Ce discours est fort beau : mais il ne prouue rien,
Claude a de bons tesmoins pour demander son bien ;
Aux Dieux la Verité se monstre toute nuë,
Mais elle est aux mortels vn Soleil sous la nuë,

Puisque ie ne lis point dans le cœur des humains
Et qu'il a des tesmoins, vos discours sont tous vains,
Qu'ils iurent derechef, afin que leur constance
M'oblige à prononcer vne iuste sentence.

Premier faux Tesmoin.

Par les Dieux immortels i'ay dit la Verité,
Et Claude seul luy peut donner la Libertê.

Le second.

Cette fille est Esclaue, & Claude est son vray Maistre.

APPIE.

Qu'elle soit dans l'Estat où le Ciel la fit naistre.

VIRGIN.

C'est ma fille, au secours.

ICILE à Claude.

Veux-tu lascher ce pas?
Ou le mien de ce coup te donne le trepas.
Infame Confident de ce Iuge impudique?

SOFRONISSE.

Helas! qui vit iamais d'Arrest si tyrannique?

APPIE aux Sergens.

Sergens, que ces mutins apprennent leur deuoir

Et sentent la rigueur du cachot le plus noir.

Les Sergens.

En prison, en prison.

Virgin se voyant trop foible.

Disant ces Vers il
tire le poignard.

                              Vne estrange auenture
M'oste les mouuemens que cause la Nature.
Ie la croyois ma fille, & j'ignore comment,
Ma femme fut trompée en son accouchement:
Auant que la quitter souffrez que ie m'instruise
Et que j'apprenne enfin pourquoy l'on me desguise.
Puisqu'à la seruitude on te veut condamner
Reçois la liberté que ie te puis donner.

Il luy donne vn
coup de poignard.

Virginie tombant.

VIRGINIE.

O le Pere obligeant ! Icile, ma chere ame !

ICILE.

Dieux ! qu'est-ce que i'entens? elle meurt ou se pâme.

VIRGIN.

Ma fille est affranchie, il faut que cette main,
Affranchisse aujourd'huy tout le peuple Romain.
Au secours Citoyens.

Appie aux Sergens.

Prenez moy ce Rebelle,

Qu'on le traine en prison auec ceux qu'il appelle.

Trouppe de Romains.

Liberté, liberté.

Les Sergens s'enfuyans.

Nous cedons aux plus forts,

Appie s'enfuit aussi,

Lasches, vous me quittez sans faire vos efforts?

SCENE II,

ICILE, SOFRONISSE, NERICE.

ICILE à Virginie.

PRemier que deualer dans la triste demeure,
Attens mon ame, attens que ton Icile meure,
Ou resous toy de viure, ou permets que la mort
Nous jette tous ensemble à son funeste port.
Hausse vn peu deuers moy ces deux belles paupieres,
Qu'on voyoit enfermer de si viues lumieres :
Virginie, ha mon cœur! ha Soleil de mes iours!
Dont ainsi que des tiens tu vas borner le cours;
Pour le moins vn regard, vn regard Virginie,

Apres ton cher Amant te fera compagnie.
Mais ie l'appelle en vain, helas ! elle ne peut,

SOFRONISSE.

Elle reſpire encor, ie ſens qu'elle ſe meut.

Virginie expirant.

Icile, ne croy pas qu'vne foible triſteſſe,
Honore le tombeau de ta chere Maiſtreſſe,
Que le ſang des Tyrans ſoit au lieu de tes pleurs
Vn illuſtre teſmoin de tes iuſtes douleurs,
Vis pour l'amour de moy, redonne à la Patrie
Sa gloire que tu vois honteuſement fleſtrie:
Pour punir vn Tyran tu dois viure ſans moy,
Puis qu'il ne m'euſt ſouffert de viure que ſans toy.
Ie ne veux point te voir que couronné de chaiſne,
Tu ne portes au front la liberté Romaine,
Tu verras ma conſtance au plus noir des enfers,
Et nous y reprendrons la douceur de nos fers.
Ie ſens fermer mes yeux, & quãd l'Amour les ouure,
D'vn nuage mortel la Parque me les couure.

SOFRONISSE.

Ma fille!

NERICE.

C'en eſt fait, elle eſt deſia ſans poulx,
Et ſon ame & ſon ſang ſortent par meſmes troux.
                                        Ie luy

Ie luy rends vn deuoir que i'en pouuois attendre,
Que i'estois bien plus propre à faire de la cendre !

SOFRONISSE à Icile.

Ce mal nous est commun, vous perdez aujourd'huy
Vostre chere Maistresse, & nous tout nostre appuy.
Mais puisque des Destins la disgrace inhumaine
Luy rendoit ou la mort, ou la honte certaine,
I'accuse les Destins, mais son trespas me plaist,
Et moy mesme ferois ce que son Pere a fait.
Songez donc seulement à la noble priere,
Qu'elle a fait en mourant à vostre humeur guerriere,
Vangez-là, vangez-vous, & le peuple Romain,
Qui suiura les Auteurs d'vn si noble dessein.
Nous, pour tous les deuoirs qu'exige la Nature,
Luy rendrons seulement ceux de la sepulture.

> La mere s'en va, & on emporte le corps.

SCENE III.

ICILE seul.

FAut il que i'honore la main,
Qui vient d'assassiner ma chere Virginie!
Dont la gloire seroit ternie,
Sans le coup vertueux, mais ensemble inhumain,

Qui cause ma peine infinie.

Le mesme qui le mit au iour
Vient de mettre au tombeau le Soleil de noſtre âge,
Où par vn exceʒ de courage
Son genereux deſſein ruine mon amour,
Affin de le ſauuer d'outrage,

Eſtrange diſgrace du Sort,
Ma Belle n'eût veſcu que pour m'eſtre rauie,
Et l'effort d'vne ſale enuie
A fait que la perdant ie regrette ſa mort,
Et ne ſouhaitte pas ſa vie.

La Vertu m'interdit les pleurs,
Et me fait eſtimer ſon treſpas neceſſaire ;
Mais l'Amour qui me deſeſpere,
Dans le reſſentiment de ſes viues douleurs,
Blaſme vne vertu ſi ſeuere.

Sus mon ame, allons la chercher,
Son Pere en la tuant n'a point commis de crime,
Sa cruauté fut legitime ;
Mais Icile peut-il ſuruiure ſans pecher
A cette honorable Victime ?

Rien ne differe mon treſpas,
Que le ſoin de venger celuy de Virginie,

Ie mourrois dans l'ignominie,
Si l'Amour me portoit à me tuer d'vn bras,
Qui laiſſaſt ſa mort impunie.

L'Honneur la mit dans le cercueil,
Auſſi le meſme Honneur ne veut pas que ie viue;
Sans doute il faut que ie la ſuiue,
Taſchons en la vengeant d'adoucir noſtre dueil,
Mais mourons, quoy qu'il en arriue.

SCENE IV.

LES DEVX COLLEGVES D'APPIE

LE PREMIER.

Enfin voila les fruits d'vne flame brutale,
Qui jadis fut aux Rois, & nous ſera fatale,
Pendant que nous viuons comme les Immortels,
Le peuple ainſi qu'aux Dieux nous dône des Autels;
Mais alors qu'il nous voit tomber dans ſa foibleſſe,
Malgré tous les appuis d'vne haute nobleſſe,
Il ceſſe d'admirer l'eſclat que nous iettons,
Et ſe croit noſtre égal lors que nous l'imitons.
Amy ie ne dois plus t'appeller mon Collegue,
Tâttés qu'on nous égorge, ou biē qu'on nous relegue.

LE SECOND.

En nos deportemens, dont i'ay le souuenir,
Ie n'y vois rien dequoy iuſtement nous punir.
Appie eſt aujourd'huy tout l'objet de leur haine,
Comme exempts de forfait, nous le ſerons de peine.

LE PREMIER.

Cecy n'eſt qu'vn pretexte à la ſedition,
Et le peuple en vouloit à noſtre ambition,
Ce mal depuis long-temps nous pendoit ſur la teſte,
Et Virgin n'a rien fait qu'auancer la tempeſte :
Nos Peres ont faſlly, nous dans la meſme erreur
De ce Monſtre enragé reſſentons la fureur.
Il n'eſt rien de ſi beau que l'Eſtat Monarchique,
Ny rien de ſi confus qu'eſt vne Republique,
Où le moindre Bourgeois aſpire aux digniteZ,
Et cherche la grandeur parmy les nouueautez.

LE SECOND.

Quoy ! trenues-tu mauuais qu'vne baſſe naiſſance,
Prenne de ſa Vertu la juſte recompenſe ?

LE PREMIER.

Tant s'en faut, ie l'approuue, & meſme chez les Rois
On a veu les plus bas s'eſleuer quelquefois.
Mais icy nous vayons les charges emportées,
Par la brigue du peuple, & des voix achetées,

Et Rome se piquant de chasser les Tyrans,
Pour éuiter des maux, en souffre de plus grands:
Car le premier Mutin, dont l'audace rebelle
Donne à la Republique vne forme nouuelle,
Merite parmi nous vn titre souuerain,
Et seul nous l'estimons digne du nom Romain.
Mais tout ainsi qu'vn corps arraché de son centre,
Ne repose iamais, iusqu'à-ce qu'il y rentre,
Nous verrös tous les iours de nouueaux changemëts
Et goûterons enfin tous les gouuernements.
Iusqu'à-ce que tombant dans la conduite ancienn',
Vn repos asseuré sous vn Prince reuienne,
Cét Empire nasquit auec la Royauté,
Qui luy doit redonner sa premiere beauté.

LE SECOND

Iusqu'icy i'ay vescu dans l'erreur populaire,
Que ton raisonnement m'a fait voir toute claire,
Mais de ces deux moyens qui font regner les Rois,
Quel te semble plus propre, ou le sang, ou le choix?
Pour moy i'ay tousiours crû que les sages Prouinces
Doiuent jetter les yeux sur la valeur des Princes.

LE PREMIER.

Non, la succession éuite les malheurs
Que trainent auec soy les ciuiles fureurs,
Où chacun, amoureux de son propre merite,
Estime la Couronne à son front trop petite.

Mais qui ne voudroit pas ceder à son égal,
Malgré l'ambition de sere au sang Royal,
Où tousiours se conserue vn sacré caractere,
Qui fournit les sujets & de Prince & de Pere.

LE SECOND.

Dieux ! i'entends quelque bruit, ou mes sens sont
　　　trompez,
Ha ! fuyons promptement ces cheuaux éschapez ;
Noſtre Collegue eſt pris, & d'vne aueugle rage,
Les plus sanglans efforts paſſeront pour courage.

SCENE V.

VIRGIN, NVMITOR, Trouppe de Romains,
ICILE.

VIRGIN.

*L*ES choses d'icy bas ont toutes leur saison,
La liberté renaiſt ; Appie eſt en prison,
Tant de bons Citoyens dont il l'auoit remplie,
Tireront à ce coup raison de sa folie.
Ainſi les orgueilleux iuſtement abbaiſſez,
Trouuent le chaſtiment de leurs crimes paſſez ;

Quand parmy les douceurs où les endort le vice,
Ils rient sur le bord d'vn affreux precipice.

NVMITOR.

Il est temps de songer sous quel gouuernement,
Nous deuons commencer à viure doucement.
Tandis que les Tribuns conduisoient cette ville,
Le peuple en leur pouuoir eut tousiours vn aZile,
Contre l'orgueil de ceux que le sang ou le bien
Ont trop haut esleuez dessus le Citoyen :
Ce n'est pas qu'en effet la grandeur des Patrices
N'oblige tout le peuple à de libres seruices :
Vne noble naissance apporte auecque soy
Sur les hommes communs vne secrete loy,
Qui forçant leurs esprits d'vne douce contrainte,
Les remplit enuers eux & d'amour & de crainte,
Car à moins que de faire vne telle action,
Pour suiure aueuglement sa folle passion,
Appie auroit-il pû du haut siege de Maistre
Tomber au triste estat où l'on vient de le mettre ?

Vn Romain.

Qui le trouble aujourd'huy d'vn rude souuenir.

Vn autre Romain.

Faisons que le passé corrige l'auenir,
I'estime des Tribuns la charge necessaire :

VIRGIN.

Ie suis de mesme aduis.

NVMITOR.

> *Le mien n'est pas contraire.*

Vn Romain.

Ie crois que nous viurons sous de meilleures loix :
Allons trouuer le peuple, & recueillir les voix.

VIRGIN.

Allons-y de ce pas : Icile, ton silence　　Il se tourne de-
Est de mauuaise grace.　　　　　　　　　　　uers Icile,

ICILE.

> *Enfin la violence,*
Et la dure contrainte où iusqu'icy l'honneur
A tenu mon amour dans le fonds de mon cœur,
Ne trouue plus d'obstacle ; il faut qu'elle paroisse,
Et qu'vn iuste trépas me rende à ma Maistresse.
Vous me l'auez rauie, & i'en baise la main,　　Il parle à
Par vn coup si mortel vous passez pour Romain.　　Virgin.
Vostre vertu me plaist, mais sa triste matiere
Ne m'a laissé d'espoir que dans le cimetiere.
Faites donc vos Tribuns, allez, viuez heureux :
Icile estoit Romain, mais ensemble Amoureux ;

> *I'ayme*

I'ayme la liberté, mais i'aymois ma Maistresse,
L'vn me comble de joye, & l'autre de tristesse.

VIRGIN.

I'immolerois encor ma femme, & mes parans,
Et courrois à ma mort pour celle des Tyrans.

ICILE.

Au moins si les mortels dans les demeures sombres,
Gardent les soins du corps, lors qu'ils ne sont plus
      qu'ombres,
Ie reuerray sans doute auec vn feu pareil,
Dans cét air tenebreux, l'esclat de mon soleil.

                              Là il feint de se tuër,

VIRGIN luy saisissant le poignard.

Icile, qu'est-cecy? vostre raison est morte?
En vous la passion est doncques la plus forte?
Ce n'est pas le chemin de l'Immortalité,
Que de monstrer ainsi vostre fidelité.
Si celle qui vous rend la lumiere ennemie,
Eût pû, par vostre mort, viure sans infamie,
Pour vn si beau sujet courir au monument,
C'eût esté le deuoir d'vn genereux Amant.
Mais le Sort nous tenoit cette rigueur extreme,
Qu'il falloit que ma fille y fust mise elle mesme,
Ainsi vous deuez viure, elle deuoit mourir;
Vous la pouuez vanger, non pas la secourir.

                                          L

NVMITOR.

Allons, cette douleur est lâche & superfluë.

ICILE s'en allant auec eux.

Et bien, vous differez vne mort resoluë.

SCENE DERNIERE.

A P P I E prisonnier, tenant vne coupe pleine
de poison.

Honorable recours des hommes de courage,
Que ie vay rencontrer au fonds de ce breuuage,
Mort, la commune fin des plaisirs & des maux,
Dont l'empire s'estend sur tous les animaux,
Reçois vn malheureux, qu'vne flame impudique,
Rend moins que Citoyen de Chef de Republique,
Qui d'vn faiste si haut est descendu si bas,
Qu'il ne luy reste plus que l'espoir du trespas.
Apprens, Appie, apprens que de si lasches fautes
Sont de mortels écueils aux grãdeurs les plus hautes,
Que la seule Vertu merite les honneurs,
Et sçait donner aux siens de solides bon-heurs.

Le Sort dont icy bas tout reuere l'empire,
La peut bien despoüiller, mais lors qu'elle soûpire,
Elle a dans les malheurs, dont ie suis accueilly,
La consolation de n'auoir point failly :
C'est elle qui me manque, & cecy seul me reste,　　Monstrat
Pour effacer vn peu ma honte manifeste :　　　la coupe.
C'est ainsi seulement que ie la puis couurir,
Si n'ayant pas sceu viure, au moins ie sçay mourir.
Enfin, peuple enragé, i'eschappe à ton enuie,
Et malgré toy ie puis disposer de ma vie.

F I N.

www.ingramcontent.com/pod-product-compliance
Lightning Source LLC
LaVergne TN
LVHW020212030726
842520LV00003B/1019